句集

松の尾

久松久子

文學の森

句集　松の尾／目次

春……7
神幸祭・還幸祭……61
夏……77
秋……101
冬・新年……151
あとがき

表紙絵　松の尾古地図
装丁　　文學の森装幀室

句集　松の尾

磐座を以て一瀑落しけり

春

春立つや松尾造りの反りの先

翻る巫女の袖より春立ちぬ

碧苔に落つる椿でありにけり

鶯や玻璃に在せる御神像

鶯のこゑ調ふる伶人町

釣殿に烏帽子の進む松の芯

紅白の砂紋に初蝶まぶしかり

磐座に降れば名水花の雨

神鼓打つ一打一打の花吹雪

花冷や笏を失ふ女神像

祈禱了ふ嬰に山吹の風まぶし

迷ひ子のこゑ山吹の繁みから

奥宮の昏みに灯す濃山吹

素謡の演目かかげ囀れり

遥拝所に真白き蝶を放ちけり

磐座遙拝所

山桜最古の女神祀らるる

山吹の風に寝落ちて宮参り

慈しき松尾の山に巣籠りぬ

相性の合ふ人とゐて囀りぬ

異国語の飛び出してくる濃山吹

白山吹透廊わたる花嫁御

山吹のひとひら宥す神の川

山祇の風に解るる濃山吹

新しき画布立てにけり濃山吹

山吹の金鈴零す禊川

水音や太古の山吹のこる宮

山吹の蕊のかたく赤子の手

寿命享く心地のどけき蓬萊庭

山吹の黄の烈しさに義民の碑

濃山吹窓拭きて待つ運転手

麗日や祓ふ嬰児のうす瞼

松の花禰宜の袴の浅葱色

酒樽の箍の締まりも雨水どき

磐座の水曲水に光りだす

一ノ井の嵩増す昨夜の穀雨かな

菰樽の商標光る木の芽風

遠足のザックに揺るる守り札

松尾さんと親しく呼んでうららけし

亀市に音たてて降る春落葉

神前にするりと外す春ショール

大鳥居燕返しを許したる

囀や子の名連なる火焚串

立春の風凜として水の宮

松尾の山雨にけぶらせ竹の秋

山笑ふ亀の口より水湧きぬ

神使桂川至
清泉潤古今

神滝のしぶきに竜天に登る

緋毛氈に木洩れ日揺るる蕨餅

神幸祭・還幸祭

松の尾の神幸祭とは、大社の摂社、末社の七社の神輿が本殿にて古式豊かに分霊を受け、松尾から桂の町並へと氏子青年団の「ホイットマットセ」の掛声勇ましく練り昇く。桂川右岸の斎場から船渡御され各社の御旅所に鎮座する。

三週間後、各御旅所から大社に帰座する祭を還幸祭と言う。

水先の白鷺皓る神輿船

船頭は保津川じこみ神幸祭

氏人の益荒男振りや松尾祭

祭来る桂堤に斎竹

朱の御《お》衣《きぬ》若葉青葉に光り合ふ

総代の翳す扇に神輿出づ

亀の井の力水汲む神輿衆

青葦に一の棹さす駕《か》輿《よ》丁《ちやう》船

拝殿に鐶《くわん》高鳴らせ神輿揉む

ホイットマットセ神輿舎《やどり》を開け放ち

註　ホイットマットセ＝掛声

瓔珞の揺れ納まらず神輿置く

夏

新樹光巫女の袴は朱を極む

素戔嗚尊の荒魂鎮む若葉雨

山祇の水奔らせて田植季

勅額の金泥光る青葉風

校倉に遠く吹かるる蜘蛛の糸

青とかげ三玲の庭に罷り越す

紫陽花の裳裾に祀る水の神

酒樽に預けておきぬ梅雨の傘

あぢさゐ山案内の禰宜の袖濡らし

山の蚊の宝物殿に迷ひ来ぬ

一句成し神の下《さ》がりの葛饅頭

泣き上戸笑ひ上戸や七変化

紫陽花の白は紅より極やかに

滝懸けて庭の広さを諾へり

一穂の白蛾顕たしむ御神燈

磐座の辺りか老鶯珠なせり

風薫る松尾に遺る起請文

万緑や社造りの松尾駅

花ブラッシュ赤子の頬の赤赤と

夏帯に護符大切に納めけり

秋

霊亀の瀧

冷や冷やと滝の風くる罔象女神《みづはのめ》

磐座は水の源新走り

子を託すやうに菊鉢奉納す

熟寝児に秋の日やはし宮参り

神称へ水を讃へて小鳥くる

小鳥くる斎庭に影をこぼしつつ

秋の声神の声とも松尾山

色鳥や柵の内なる矢大臣

新松子開けてはならぬ守り札

初鴨に水平らなる桂川

亀楽粥手に囲みしも白露かな

新酒樽松尾の籬朱に揃ふ

素戔嗚尊の鈴高鳴るや紅葉山

拍手の透き通りくる薄紅葉

酒樽に跳んで蹌踉けるすいとかな

参進の沓音過ぎて虫の声

笛嫋嫋無月の杜を深めゆく

篠笛に指の漂ふ無月かな

茶を点てる音の帳に月の宮

無月なる神の走井滔滔と

笛を吹く構へ正しく月祀る

月の座をしつらふ巫女の襷がけ

しばらくは月を忘れて筑紫舞

千余年斎く松尾の月今宵

月光に祓ひの詞聞こし召す

月を喚ぶ太鼓連中勢揃ひ

菰樽の高く積まるる良夜かな

カメラマン浄衣に着替へ観月祭

古の格例を持て観月祭

月の御饌地元の野菜高高と

無月なる雅楽の笛は闇に曳き

序の舞の扇を月に翳しけり

尺八の一途に月を恋うてをり

女神の名伝へ参るも良夜かな

をりからの月に祝詞の高まりぬ

紙垂の無月の風に漂ひぬ

七星の亀も出でませ月の宴

月白や音なく過ぐる飛行灯

名月や三玲の石を顕たしむる

Ｇパンの膝を正して月迎ふ

月に舞ふ袍衣の金糸銀糸かな

仰ぐ瞳のみな清らかに観月会

予後の身に月見の酒の沁みゆけり

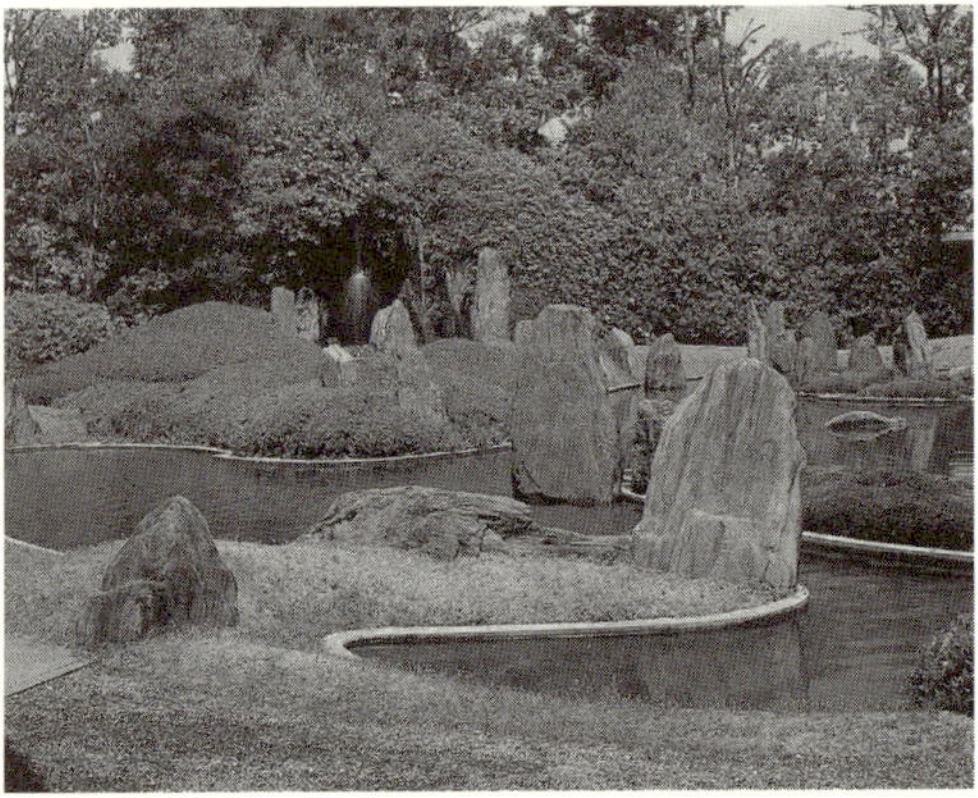

一躍の鯉に満月毀ちけり

観月祭真一文字に笛構へ

観月祭句を詠む声に果てにけり

冬・新年

神の留守勧請縄の乾ぶ音

参道にバスづかづかと神の留守

上卯祭銘酒めでたく揃ひけり

帯解の影紅く揺る禊川

千歳飴短く下げて七つの子

履替へる靴に馳け出す七五三

弟の蹤いて廻りぬ七五三

七五三道行く人に寿がれ

めでたさも倍に双子の七五三

面だちの将来見ゆる袴着子

楼門にふるまひ酒や七五三

写真屋の百面相や七五三

七五三戦争遠くなりにけり

山眠る朱の鳥居を帳とし

参道を抜ける間の初時雨

冬立つや粥に緑の香のもの

園丁の斎庭の端に咳きぬ

霊木の幣白白と冬立ちぬ

耳袋耳飾りとも矢大臣

返り花神には神の系譜あり

金屏風机の上の式次第

うらない

大絵馬を真正面に年用意

節分の鬼面の跡をおとがひに

目ん玉の金色睨む追儺鬼

節分会大蛇《をろち》解体して了る

初詣松尾土産の酒饅頭

神の縁句の縁深く初詣

句集　松の尾

畢

あとがき

阪急嵐山線の松尾駅に降り立つと、正面の大鳥居がゆったりとした風情で迎えてくれる。

京都洛西の総鎮守、「松尾大社」である。京都盆地の西に連なる愛宕、高尾、嵐山、松尾は、幾多の歴史を眺め、都人が入り陽を見送った山々である。その昔、松尾の山から地震の折に七つの星を背負った大亀が下りてきて、それを嘉して「霊亀」に改元されたと言い伝えが残る。山頂の巨石磐座から湧いた霊水は、「長寿、よみがえり」の亀の水として伝わり、醸造業の守り神として全国からの信仰を集めてきた。わが国最古と云われる男神女神像も、古代祭祀に遡る信仰の深さを物語る。

新羅から渡来した秦氏は、松尾大社の創祀と深く関わりつつ、洛西の地で稲作や灌漑、機織、製陶、金工、そして酒造の業を興し、延いては平安の遷都を演出した。その伝統を受け継ぐ松尾大社は、神幸祭に観月祭、八朔祭、恩田祭、夏越の祓、上卯祭などなど、季節の節目を彩るように、多くの祭事が今も脈々と執り行われている。境内には、太古から生を継いできた三千株の山吹や樹木がまるで水の神の霊域にかしずくように、すべてを包み込んでそびえている。

鳥居を潜った私は、二ノ井の石橋で必ず佇み、暫く流れに見入る。神域から流れ落ちる水音に禊を受け、俳人としての欲が洗われて無心になり、心が鎮まってゆく。ここで生まれた句は作るというより授かった句だと感じざるを得ない。

私の茨城県の実家は二百五十年程前から続く呉服店と「亀甲鳳」という醬油の蔵元で、親戚にも醸造業を営む家が多く、遠い京都の松尾大社を一族は昔から信仰してきた。嫁いで京都の近くに住まいすることになり、不思議な巡り合わせ、松尾の神々のお引合わせと大事に思いつつ、十五年前から春と秋の観月祭の俳句コンクールに参加させて頂き三十回余りの入選を賜り、今回傘寿を迎えるにあたって、松尾の社で授かった句だけを集め百五十句余りを小冊子にしてお礼の気持で奉納したいと思った。挿入の写真は事情をお話しして松尾大社から快く提供して頂いた。

最後に選者としてお選び頂いた大東晶子、野崎正二、豊田都峰、黒田滋生、藤田明子、乾広子の各先生をはじめ、所属している「百鳥」の大串章先生の長年にわたるご指導とご理解を頂いて、本書を上梓できましたことに深くお礼申し上げます。

また禰宜の武内さまは、いつも親しく声をかけてくださり、ご親切に境内を案内頂いて、斎庭を自分の庭のようによく覚えるこ

とができました。更に山野若菜さまに女神様の神影と磐座の滝を
画いて頂き句集に花を添えて頂きました。改めて感謝を申し上げ
ます。ありがとうございました。

平成二十四年六月

久松久子

先祖の商標

著者略歴

久松久子（ひさまつ・ひさこ）
　旧姓　山中（やまなか）

昭和８年11月12日　茨城県常総市石下出身

昭和60年　「馬酔木燕巣」入会、羽田岳水に師事

平成９年　「百鳥」入会、大串章に師事

　　　　　「百鳥」同人

平成16年　第一句集『青葦』出版（文學の森より）

平成21年　滑稽俳句協会会員、八木健に師事

俳人協会会員

現住所　〒569-0836　大阪府高槻市唐崎西1-7-14

電話・FAX　072-677-2261

句集

松《まつ》の尾《お》

発　行　平成二十四年九月二十五日
著　者　久松久子
発行者　大山基利
発行所　株式会社　文學の森
〒一六九-〇〇七五
東京都新宿区高田馬場二-一-二　田島ビル八階
tel 03-5292-9188 fax 03-5292-9199
e-mail mori@bungak.com
ホームページ http://www.bungak.com
印刷・製本　小松義彦

ISBN978-4-86438-114-7　C0192
落丁・乱丁本はお取替えいたします。